外婆和「c」

Nana and the "c"

作　者│桃麗絲·施奈德 Doris Schneider　　譯·繪│馬文海 Wenhai Ma

謹以此書紀念 Julia Clark Rhyne ，受愛戴的母親、外婆和老師。

——桃麗絲‧施奈德——

謹以此書紀念淑清，與「c」戰鬥的戰士，畢生奉獻的妻子和母親。

——馬文海——

作者介紹

攝影：MJ Peters

桃麗絲・施奈德（Doris Schneider）

　　藝術家，舞臺設計，作者和教育家，曾任教於美國密西西比威廉・凱雷大學（William Carey University）及北卡中心大學（North Carolina Central University）計三十三年之久。已出版的小說有《身外之物》（Borrowed Things）及《水路》（By Way of Water）。自插畫家馬文海任教於杜克大學（Duke University）時起，他們就成了終生朋友。《外婆和「c」》是他們的又一次合作經歷。

攝影：梁上燕

馬文海（Wenhai Ma）

美籍華裔舞臺設計，插畫家，美國伊利諾大學香檳院 University of Illinois at Urbana-Champaign 戲劇系終身教授。畢業於中國中央戲劇學院及美國 Carnegie Mellon University，曾任教於美國杜克大學 Duke University，內布拉斯加林肯大學 University of Nebraska-Lincoln，普度大學 Purdue University，香港演藝學院，中國中央戲劇學院及新加坡南洋藝術學院。

著有 Scene Design Rendering and Media (Focus Publishing, USA)及為多種兒童繪本繪製插畫，包括 Swan's Gift, The Painted Fan, Younger Brother, Older Brother, Red Means Good Fortune 以及 Monkey King 系列（美國、英國及加拿大），並在美國、中國大陸、香港、新加坡、臺灣、印尼等地出任多種演出的設計。其散文作品曾多次在《中央日報》副刊以筆名「小木」發表。已出版的小說有《在這迷人的晚上》（新銳文創，2017年）及《晚風像火燒雲一樣掠過》（釀小說，2018年）。

（書中所有兒童插畫及畫中文字由張雪瀅小朋友提供）

致臺灣讀者
A Message to Readers in Taiwan

　　我想像著一個臺灣的孩子或大人在讀著我的書，這樣的畫面不禁令人感動。一個亞洲孩子或大人能喜歡一個德克薩斯州的奶奶寫的書，這件事聽起來有點奇怪。但我知道事實並不是這樣。我住過美國和加拿大的許多地方，也到過不少國家。我學習到，對於愛、家庭和癌症的認識，我們都是一樣的。

　　我們的語言和風俗可能不同，但是我們彼此間的需要卻是一樣的。

　　一顆石子丟進水中，會激起無數漣漪，漣漪遂愈來愈大。癌細胞也是一樣，它會在一個人的身上蔓延擴散，觸動驚擾全家人和朋友們。

　　一個家庭中最小的成員，也能給癌症病人以最大的支持、關愛以及接受治療期間的幫助。《外婆和「c」》是在我罹患乳腺癌及經歷了化療後所寫成的，故事來源於我與外孫女麥蒂森和卡羅琳之間的真實事件。

桃麗絲・施奈德

　　很久以前，我常常愛擔憂，什麼都擔憂耶，特別是擔憂我的家人——甚至我的表哥，喬伊和內特。但是我講的可不是童話故事喔！

　　我們可不是住在城堡或王國裡，我們住在北卡羅來納州的杜蘭。我的名字是麥蒂森，今年七歲了。我要講的故事，是一個關於「擔憂」怎樣變成了「奇蹟」的故事。

　　我表哥的奶奶——表哥爹地的媽咪——她死了。那時，我不太知道「她死了」是什麼意思，但是，我無意中聽到媽咪和傑西卡姨媽在談論她，她們都很傷心。所以，這讓我也很難過……而且很害怕。我一直在想：「死了」，到底是怎麼一回事呢？

　　因為我在想，如果是我的外婆死了，那可怎麼辦呢？

　　我也擔心我的狗狗，伯克利，如果他老了，死了……

　　要知道，在狗的年齡，他可是七十七歲了！

　　我也擔心外婆和外公。他們沒有伯克利那麼老，但他們住在山上，我想像著他們會從懸崖上掉下來。

　　我擔心爹地會失業，擔心媽咪會腦袋進水，因為她總是說我的妹妹卡羅琳令她發瘋。

　　卡羅琳還太小，她沒有甚麼可擔心的，除了擔心在幼稚園小班的報告上得到個「大紅老虎」圖章。卡羅琳的嗓門兒可是很大，很大，真的很大耶。

不管怎樣，一個星期五的晚上，吃過晚飯，我們正在玩「激情時尚」的遊戲，媽咪也跟我們一起玩，這讓她在週末能把心情放鬆。我們穿上各種各樣的衣服瘋玩瘋舞。我在 T 恤牛仔褲外面套上灰姑娘的裙子，把我的紅頭髮塞進棒球帽裡。

　　媽咪累了，在藍色豆袋椅上休息，讓我們用藍帽子和紫色羽毛頭巾裝飾她的衣服。伯克利在媽咪腳邊睡了，我假裝給大家沏茶倒水。

　　「傑西卡阿姨，我們上次去妳妹妹家玩，妳開心嗎？」我問道。

　　我喜歡做出我是多麼懂得家庭關係的樣子。

　　我圍著媽咪跳舞，媽咪揚了下眉毛，盡量不笑出聲來。這時候，電話鈴響了，我去接。

「這是媽咪的媽咪——外婆。」我咯咯地笑著，把電話遞給媽咪。

「是啦，」她說，離開了房間。「妳的外孫女可真是個人物！」

卡羅琳唱了起來，假裝對著麥克風，其實這並不需要，因為周圍的鄰居大概都聽到她了。

我抓起一隻鉛筆和圖畫本來畫她⋯⋯

因為我也喜歡畫畫。

卡羅琳穿著她的芭蕾舞裙，戴著她的自行車頭盔，蹬著媽咪的高跟鞋。爹地說卡羅琳激情有餘，時尚沒有，聲音可大得像隻小號。

卡羅琳不懂得甚麼是家庭，也不知道家庭關係是怎麼回事，這可有點複雜。

我盡力解釋著：「喬伊和內特是兄弟倆，可他們也是我們的表哥。他們是陶德叔叔和傑西卡姨媽的兒子⋯⋯」

我給她寫了張紙條：「卡羅琳，假裝我是老師，妳是學生……喬伊和內特也是外婆和外公的外孫子。」

「妳已經是第十一次跟我說這個啦！！！」

　　「他們的爺爺奶奶是陶德叔叔的老爸和老……」
　　後來我想起來，他們的奶奶已經死了。我不願意再去想死亡和癌症的事，可是我忍不住。我總是在學校、家裡、電視上聽到這種消息。很嚇人喔！
　　我不想再跳舞，也不想再當老師了。我脫了公主裙，開始踢足球，直到

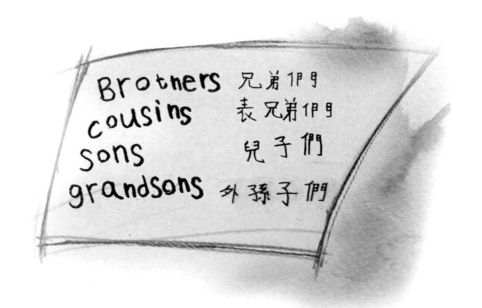

我想忘掉癌症的事，我想再開心起來！

我絆倒在伯克利身上，然後我抱住他，把頭枕在他背上。

　　媽咪回來了，眼睛紅紅的。我不玩兒了。她一下子坐到豆袋椅上，嘶嘶地哭了起來。

　　我的肚子感覺就像豆袋一樣——氣全洩光了。「壞消息」寫在她的臉上。我想，伯克利沒事兒，爹地沒事兒，外婆沒事兒（媽咪剛跟她說了話）；……嗯喔，也許是外公吧。

　　卡羅琳蹦到她身邊：「**怎麼了？**」我相信卡羅琳腦子裡甚麼都沒想。她淨瞎說——特別是當她害怕的時候。

　　媽咪嘆了口氣：「坐下。我要跟妳們說話。」

　　我摘了棒球帽，頭髮落在了我的臉上。我假裝看不見路，歪歪斜斜地走來走去。我打算做些更滑稽的事（就是不想讓她告訴我們壞消息），但是媽咪說：「坐下！」

　　我抓住我的圖畫本和鉛筆，然後又開始畫畫。可是我畫了一個像墓碑一樣的東西。我打了個寒顫。

「妳們要知道，外婆在她的前胸和胳肢窩都做了手術耶。」媽咪說。

卡羅琳點點頭。我劃亂了畫上的墓碑，把它撕碎。

卡羅琳笑了：**「醫生把外婆的傷口黏上了！」**

我也笑了。「外婆給我們看的時候，她說，看，沒有縫線！也不發癢！外婆可真搞笑。」

「嗯，醫生在她的胸部發現了一個小腫塊，然後把它取了出來。」

「媽咪是說外婆的乳房？外婆是個女的呀。」我糾正了她。「是啊，麥迪，外婆的乳房。」

我們已經知道外婆做手術的事了。這很無聊。我舉起一個空的果汁杯放在眼前。

「要是它很小，醫生是怎麼看到它的呢？用放大鏡？」卡羅琳咯咯笑著，想把果汁杯從我眼前挪走。

　　「麥蒂森！妳都快七歲了，卡羅琳只有妳一半那麼大。我需要妳認真點兒。我想告訴妳一些事情。」

　　「對不起，媽咪。」

　　卡羅琳在我身邊坐下來，摘下了頭盔。**「對不起，媽咪。」**

　　媽咪看起來好像在頭疼：「不，他們沒用放大鏡。他們是用機器拍的照。這種照片叫乳房 X 光檢查。」

　　「乳房 X 光檢查？那是什麼？哺乳動物來電報了？還是海牛來信了？」我們在學校裡學過海牛。所以，我畫了一張畫給卡羅琳看。

　　我們倆都又笑了起來。我不再擔憂了，這很有趣。但是媽咪給了我們個「臉色」，我們停了下來。

乳房 X 光檢查的英文（Mammogram）
與哺乳類、海牛音相似

　　「乳房 X 光檢查能讓醫生看到她體內的臟器，看裡面有沒有任何不應該有的東西。醫生發現她乳房右側有個腫塊。記不記得那次從我頸子上取下一個斑點？我告訴過妳這是一種皮膚癌。」

　　我們點了點頭，一下子沒有人說話了。我放下了鉛筆，因為……

　　突然間，我明白了。

　　「外婆得了癌症嗎？」我低聲問。但在我腦子裡，*CANCER！癌症！癌症！* 這個詞像鬧鈴一樣響了起來。*喬伊和內特的奶奶得癌症死了！我摀住了耳朵。*

　　「是的。」媽咪回答說，她握住我的手，吻著。她的手指結實，暖和，但是 *CANCER* 這個鬧鈴還是在響著。

「外婆會像雷恩奶奶那樣死去嗎？」*癌症！CANCER！鬧鈴又迴響了起來，一次比一次響亮——我覺得我的腦袋都快爆炸了！*

「不，麥迪。我沒有因為皮膚癌死掉啊，外婆也不會因為乳腺癌死掉的。」

我沒有辦法不去想我的表哥內特和喬伊。內特不記得他的奶奶雷恩了，但是喬伊記得。卡羅琳低著頭，抱著她的小雨傘——就像我們的屋裡下著雨一樣。

「妳怎麼能確定她不會死呢？」

「因為他們查出它時還很小，沒有擴散到身體的其他部位。奶奶雷恩的癌就大多了，而且在發現前就已經擴散。如果腫塊很小，就有很好的乳腺癌治療方法，其中的一種叫化療。這是一種藥物，能找到壞細胞，不讓它們生長。」

「什麼是細胞呢？」我問。

「細胞是特別特別小的組織，妳得用一個非常大的放大鏡才能看見。」

「媽咪的意思是說顯微鏡？」

媽咪忘了我都上一年級了，我已經知道了不少事情。

「是的，顯微鏡。我們的全身是由幾十億個細胞組成的。有時一些細胞和其他細胞不同──是壞的細胞。它們開始長大，分裂成更多的壞細胞。很

快就有很多壞細胞一起生長，就是沒有顯微鏡，它們也會形成腫塊。腫塊也叫腫瘤，腫瘤可能就是癌。不過科學家們已經發明了抗癌的藥物。

「妳是說這種藥物就像是一個幫妳打架的朋友？」

卡羅琳把傘倒了過來。她把嘴彎成了一個倒掛著的「U」字形，眼睛氣得圓圓的。

「是的，一種叫化療夥伴的藥物，雖然我不確定外婆也把化療叫成化療夥伴。」

「為什麼不呢？」

「因為化療有一定的副作用。比如，有時她會覺得很累，有時她的胃會覺得很不舒服，就像妳在嘔吐之前的那種感覺。」

卡羅琳向媽咪翻了個白眼。**「有時候我也覺得很累，有時候我也想嘔吐喔。」**

「噓，卡羅琳。」媽咪停了一會兒。「是的，但是不一樣。還有其他的副作用呢。化療有時會讓人掉頭髮耶。」

還是沒有人說話。卡羅琳看看我，哼了一聲，然後向後倒下去，笑了起

來。她的傘在空中飛著，降落在伯克利身上。

伯克利是一隻很有耐心的狗狗。

我又開始笑了。但是，我發現媽咪不是在開玩笑。

「外婆的頭髮也會掉嗎？」

我的肚子又咕嚕咕嚕響了起來。

「她的頭髮已經掉了。她剛剛打電話告訴了我。明天他們會從山上開車過來，在杜克大學醫院接受另一次治療。妳放學回家時，她應該已經在這裡了。我想先讓妳知道她的頭髮掉了，這樣當妳見到她時，才不會吃驚喔。」

卡羅琳拉著掛在臉上的淺棕色長髮，確定它還長在頭上。

「我們可以假裝什麼也沒注意到。」我低聲說，希望這一切都不是真的，又把頭枕在伯克利身上。

媽咪笑了。「那倒沒有必要。她會戴上假髮，這樣，看起來就會很正常喔。」

「假髮是什麼？」

「假髮就像是頭髮，卡羅琳。但是妳可以摘掉它或戴上它。」

「我們接著玩激情時尚吧！」我不想再說 CANCER 的事了。

每次我聽到這個詞，它都會在我的腦子裡變大，大得腦袋裡裝不下別的東西了。我想讓我們的房間變成一座城堡。我想變成童話故事裡的人，每個人都留著她的頭髮，從此都過著幸福的生活。

第二天在學校，我畫了一張畫，畫上的外婆沒有頭髮。

她看起來就像個大寶寶。我加上了幾根皺紋和眼鏡，又試著在頭上加了

個蝴蝶結。可是，我還是把這張畫皺成了一團。

爹地下午接我的時候提醒我，說外婆看起來會有點不大一樣。「我知道，」我說：「就像一個年老的禿頭寶寶。」

「不要對她這麼說，麥迪。這會令她傷心的。」

「我知道，爹地。」

我絕對不會讓外婆傷心。

可是，我也不知道為什麼我會這麼鬱悶和生氣。

當我們從幼稚園接回了卡羅琳時，她正在哭鼻子。她那天收到了一隻「大紅老虎」圖章，因為她說話的聲音太吵，而且沒注意聽講。爹地覺得她太淘氣，我覺得她可能是因為害怕看到沒有頭髮的外婆而緊張。

我們到家的時候，外公的卡車正停在門口，卡羅琳跑進客廳，外婆正坐在那兒。我走到她身後。外婆沒有戴假髮，她戴著頭巾。我能看到她頭部的整個形狀，頭巾下面沒有頭髮。

她看起來像個海盜。

卡羅琳停在她面前，雙手放在屁股後：**「外婆，妳的頭髮呢？」**

我在她耳邊低聲說：「化療夥伴。還記得嗎？」

外婆笑著，說我們並沒說什麼愚蠢的話：「現在頭髮沒有了，可還會重新長出來耶。妳想看看嗎？」

「不！」我說，退後了一步。我想知道外公對他的禿頭海盜太太有什麼感想。

外公正在看報紙，好像沒發生過什麼不對勁的事。

新聞快訊！外公的太太是禿頭！

我感到很不好意思，問：「外婆睡覺的時候也戴著那個嗎？」我希望她戴著。我不想再畫她的禿頭或想像她沒戴頭巾了。

「我的頭有時會在晚上感到冷的，」她說。「那時我就戴上一頂小睡帽。妳們倆快來給我一個擁抱吧！」我倆坐在她的兩邊，讓她摟著吻著我們，但我們都不停地看著頭巾，有點好奇，有點害怕它藏著什麼東西。

吃晚飯時，卡羅琳很吵。爹地讓她坐在樓梯上，直到她不再那麼吵。我們看了電視，然後，除了外婆、卡羅琳和我，其他人都上樓去了。

那一次我太好奇啦。

我從來沒見過禿頭的女人。

我低聲對卡羅琳說。她向我點點頭，喊著：「**外婆！**」然後她皺著眉說：「**我們……能……看看……外婆的……頭嗎？**」

外婆笑了，大大地張開嘴。接著她的嘴有點顫抖，好像有點緊張。「當然嘍。」

說著，她就伸手把頭巾摘了下來。

那是一個又光又白的頭。卡羅琳和我互相望了望。

卡羅琳的眼睛瞪得很大，我覺得它們都要凸出來了。

卡羅琳走近了，特別小聲地問：「我們可以摸一下嗎？」

「當然可以，親愛的。過來吧。」

她摟著我們，我們伸出手指摸她的頭。她頭上一些地方有點扎手。她說，「頭髮並沒有全部掉下來，所以我讓外公幫我都剪掉了。那裡還有一點頭髮在呢。」

「就像在頭頂上長了**鬍子**似的。」卡羅琳咯咯笑了起來。我也跟著咯咯笑，最後外婆也和我們一起大笑。

伯克利醒了，他叫了起來。

過了一會兒，外婆站起來伸手去拿頭巾。卡羅琳非常認真地看著她，用我從來沒聽過的語氣說，顯得特別溫柔：「沒關係，外婆，不用戴了。」

我看到外婆眼鏡後的眼睛濕了。突然，我明白了，卡羅琳才是個聰明的孩子，而我是愚蠢的。我補充說，「要是妳不想，妳也不必戴睡帽了。我不認為外公注意到了外婆是個禿頭耶。」

「頭上什麼都沒有，感覺好多了。」她笑著說。

我們一起上樓，每個人都握著她的一隻手。外婆一直在照顧我們，但是不知為什麼，那天晚上，我感覺是我們在照顧她。

第二天早上，外婆給我們看了她的假髮，一個是金髮，另一個看起來像

她原來頭髮的顏色，紅色。我們試了一下，然後下樓去給媽咪和爹地看。他們都笑了，也試著戴上。我們拍了很多照片。爹地看起來最滑稽。

外婆穿著她的綠色連帽長袍，但她沒繫頭巾。她的光頭看起來很正常。事實上，當她試著戴假髮時，不管是哪一個，看起來都很奇怪，雖然她的假髮做得和真頭髮一樣。我發現自己又想畫她了。

她摘下假髮，坐在沙發上。「妳知道，喬伊和內特不想看到沒戴假髮或頭巾的我。也許，如果妳畫了張我沒有頭髮的畫，他們會發現事情並不是那麼糟糕耶。」

哇塞！外婆是怎麼知道我正在想什麼的？

「也許喬伊只是擔心外婆吧。」我猶豫了一下，又補充說，「因為他的奶奶死了。」

「也許妳是對的。妳是一個聰明的女孩子，那妳就把我畫得又強壯又健康吧。」

就在這時，卡羅琳繞到外婆的背後，上了沙發，把長袍的帽子給她戴在頭上。「**星際大戰！**」卡羅琳喊了一聲。

我有了個新的主意。我跑上樓，帶回來一把「光劍」。

外婆點點頭，拿起它，她讓腳分開了一點，站起來，推了下帽子，露出了一點光頭。

然後她用雙手握著光劍，看起來有點像「絕地武士」。

嗯，也許更像是尤達大師吧。

媽咪用相機拍了一張照片，但我用眼睛拍了一張。我得給喬伊畫這張畫，讓他知道我們的外婆有多棒。

她更像是準備好跟黑暗戰鬥的外婆

那天下午，外婆和我一起坐在前門廊裡。她說：「今天早上妳一直好安靜耶。當然，和卡羅琳相比，妳們每個人看起來都很安靜，但我想知道：有什麼事讓妳鬱悶得皺眉頭呢？」

「媽咪會像外婆一樣得癌症嗎？我也會嗎？」

「妳的意思是：*妳們會不會因為我也得乳腺癌？*我的驗血報告說明，我的癌症是不會遺傳的。換句話說，我不會傳給我的女兒和她們的孩子們的。我們還不太知道得乳腺癌的原因，但是大多數女性在早期發現時，透過做乳腺 X 光檢查，或者只是感覺到了上面的腫塊，這樣，及時治療了，就會存活的喔。」

我還是沒有辦法忘掉我的鬱悶。「那外婆怎麼樣呢？」我擦了擦眼淚。「我們學校的一個女孩失去了媽咪，是因為乳腺癌。喬伊的奶奶也死了。」

外婆緊緊抱住我，低聲說，「我不會因為這種癌症而死掉的，麥迪。事實上，它已經消失了。我只是需要做治療，不讓它再回來就是了。」

我努力讓自己不那麼皺著眉頭。

「還有，」外婆說，「喬伊並沒有失去他的奶奶雷恩，她還活在他們的記憶裡。他還和內特分享了那些記憶。同樣的，我也會用這樣的方式，永遠活在妳和我們所有家人的記憶中和心裡。」

她把我的臉轉向她，好像是要我特別注意她的話。「癌症已經告訴了我一個道理，我們現在擁有的每一天，還有我們將要擁有的每一天，都是非常珍貴的。為不值得的事情煩惱和浪費時間就太可惜了，比如失望、死亡或者傷害過我們感情的人。相反呢，我們應當注意、享受、記得所有*好的事情──那些奇妙*的事情，忘記煩惱，麥迪遜。」

我說好吧，但我不太確定她的意思。就在這時，卡羅琳和伯克利來到門口，用鼻子頂著門，盯著我們。

「也許什麼時候妳能向卡羅琳解釋？」她補充說。

「我不認為卡羅琳懂得什麼叫奇蹟。」我尷尬地低聲說。

外婆側身看著我。她知道我才是那個不懂的人。「卡羅琳是一個奇蹟，喬伊和內特是奇蹟，妳也是一個奇蹟。」

卡羅琳走到外面，爬上外婆的膝蓋。

「妳是說奇妙──*wonderful* 吧，外婆？」

「喔，是的，」她說，抱住了我們倆：「完美無缺，外加一袋炸薯片！」

大人們都覺得我們是傻孩子。

「現在，我希望妳們不要再這樣擔憂了──特別是對於癌症，甚至不要去想 cancer 這個字了。就簡單地叫它「c」吧，小寫的「c」，連大寫的「C」都不是。除了這些，就不再值得費心思去注意它了。」

外公外婆走了以後，我又畫了許多她拿著光劍的畫。在最好的那張上，她的頭又光又圓。我給她加了眼鏡，眼睛周圍加了笑紋。我在畫下寫上了「堅強的外婆」幾個字。她看起來又堅強又快樂，我好喜歡耶！

我下一次看見表哥喬伊時，就把這張畫送給了他。他打開後又摺起來，裝進衣袋裡。

他說：「謝謝麥迪。咱們玩空氣曲棍球好嗎？」我們玩了一會兒。

他再沒有對我說那張畫的事，但我覺得他一定是看過了，也給內特看過了。

感恩節前，我們收到了外婆寄來的包裹，是兩件 T 恤和一袋炸薯片。她在 T 恤上寫了字，我的那件是 WONDER，卡羅琳的那件是 FULL，合起來就是「奇妙」！

媽咪說：「那一定是個『圈內玩笑』吧。」

我不太確定我是不是明白了那個玩笑。

我們把 T 恤穿在身上，媽咪給我倆拍了照片送給外婆。我倆並排站著，T 恤上寫著 WONDERFULL，我不知道外婆怎麼會把這個字拼錯了，應該只有一個 L 才對呀。

然後，媽咪在盒子底下找到一張卡片，上面印了個字：of。她看了看，又看了看我們的 T 恤。

「喔。」她說。她讓卡羅琳和我換了個位置。這時我們手裡拿了卡片，放在我們中間，T 恤上的字就變成了「充滿了奇蹟」 —— **FULL of WONDER**。

我明白了！

我滿八歲了。在狗狗的年齡裡，伯克利應該是八十八歲了。外婆的頭髮長出來了，她看起來和以前一樣。我們一起拍了一張照片。我試著回憶她在禿頭時對我說過的那些重要事情。我不再那麼擔憂，也不再害怕了。

銘謝
Special Thanks

插畫家馬文海為《外婆和「c」》作了精美的插畫，使單單的一個故事得以生動地呈現給讀者，這同時，我也領受了他的友誼。

感謝我的許多朋友們，特別是 Diane Bryson，他們閱讀了此書，並在我撰寫故事及出版過程中給予了建議和支持。

這個故事的靈感來源於我們家庭中的一個真實事件，如果沒有我的女兒們和外孫、外孫女們，特別是麥迪遜和卡羅琳，我將不會找到生命的意義。

最後，我要感謝我的腫瘤科醫師 John Inzerillo 博士，感謝他的讚許和支持。

桃麗絲 · 施奈德

醫師的話
Note from the Doctor

　　長江後浪推前浪，新生代孩子們的思維變得更加敏銳了。他們更加意識到了家庭生活中的複雜性，他們帶著天生的好奇，努力使自己融入家庭中和整個社會裡，心中充滿了疑問。

　　對於癌症，雖然我們在控制和治療方面已經取得了很大的進步，但前面的道路仍然漫長。因此，許多癌症患者因治療而影響到他們的外貌和總體幸福感。

　　桃麗絲·施奈德所著《外婆和「c」》，為我們打開了一扇門，讓我們有機會討論在現實生活裡，患者在接受化療過程中所發生的改變。

　　這本平和、用心寫成的書為孩子們與其親人們之間的對話提供了啟迪。

　　故事以輕鬆愉快的方式呈現給讀者。它幫助我們記住，重要的並非是一個人的外在形象，而是他的精神，是他在面對巨大挑戰時所發出的光輝。

約翰·因澤雷洛醫師（John Inzerillo）

（醫學博士／美國馬里恩 L. 謝潑德癌症中心主任醫師／北卡州華盛頓鎮癌症中心主任）

兒童文學 45　PG2234

外婆和「c」

作　者／桃麗絲·施奈德
譯·繪／馬文海
責任編輯／陳慈蓉
圖文排版／林宛榆
封面設計／蔡瑋筠

出版策劃／秀威少年
製作發行／秀威資訊科技股份有限公司
114 台北市內湖區瑞光路76巷65號1樓
電話：+886-2-2796-3638
傳真：+886-2-2796-1377
服務信箱：service@showwe.com.tw
http://www.showwe.com.tw

郵政劃撥／19563868
戶名：秀威資訊科技股份有限公司
展售門市／國家書店【松江門市】
104 台北市中山區松江路209號1樓
電話：+886-2-2518-0207
傳真：+886-2-2518-0778

網路訂購／秀威網路書店：https://store.showwe.tw
　　　　　國家網路書店：https://www.govbooks.com.tw
法律顧問／毛國樑　律師

總經銷／聯寶國際文化事業有限公司
地址：221新北市汐止區康寧街169巷27號8樓
電話：+886-2-2695-4083
傳真：+886-2-2695-4087

出版日期／2019年5月　BOD一版　定價／200元
ISBN／978-986-5731-95-3

秀威少年
SHOWWE YOUNG

讀者回函卡

感謝您購買本書，為提升服務品質，請填妥以下資料，將讀者回函卡直接寄回或傳真本公司，收到您的寶貴意見後，我們會收藏記錄及檢討，謝謝！

如您需要了解本公司最新出版書目、購書優惠或企劃活動，歡迎您上網查詢或下載相關資料：
http://www.showwe.com.tw

您購買的書名：＿＿＿＿＿＿＿＿＿＿＿＿＿＿＿＿＿＿＿＿＿＿＿＿＿＿＿＿＿

出生日期：＿＿＿＿＿年＿＿　＿＿月＿＿　＿＿日

學歷：□高中 (含) 以下　　□大專　　□研究所 (含) 以上

職業：□製造業　□金融業　□資訊業　□軍警　□傳播業　□自由業　□服務業　□公務員　□教職
　　　□學生　　□家管　　□其它＿＿＿＿＿＿＿＿＿＿＿＿＿＿＿＿＿

購書地點：□網路書店　□實體書店　□書展　□郵購　□贈閱　□其他

您從何得知本書的消息？
　□網路書店　□實體書店　□網路搜尋　□電子報　□書訊　□雜誌　□傳播媒體　□親友推薦
　□網站推薦　□部落格　　□其他＿＿＿＿＿＿＿＿＿＿＿＿＿＿＿＿＿

您對本書的評價：（請填代號　1.非常滿意　2.滿意　3.尚可　4.再改進）
　封面設計＿＿＿＿　版面編排＿＿＿＿　內容　＿＿＿＿　文／譯筆＿＿＿＿　價格＿＿＿＿

讀完書後您覺得：
　□很有收穫　□有收穫　□收穫不多　□沒收穫

對我們的建議：＿＿＿＿＿＿＿＿＿＿＿＿＿＿＿＿＿＿＿＿＿＿＿＿＿＿＿＿＿
＿＿＿＿＿＿＿＿＿＿＿＿＿＿＿＿＿＿＿＿＿＿＿＿＿＿＿＿＿＿＿＿＿＿＿＿＿
＿＿＿＿＿＿＿＿＿＿＿＿＿＿＿＿＿＿＿＿＿＿＿＿＿＿＿＿＿＿＿＿＿＿＿＿＿
＿＿＿＿＿＿＿＿＿＿＿＿＿＿＿＿＿＿＿＿＿＿＿＿＿＿＿＿＿＿＿＿＿＿＿＿＿

姓　　名：＿＿＿＿＿＿＿＿＿＿＿＿＿＿＿　年齡：＿＿＿＿＿　性別：□女　□男

郵遞區號：□□□□□

地　　址：＿＿＿＿＿＿＿＿＿＿＿＿＿＿＿＿＿＿＿＿＿＿＿＿＿＿＿＿＿＿＿

聯絡電話：(日)＿＿＿＿＿＿＿＿＿＿＿＿＿＿　(夜)＿＿＿＿＿＿＿＿＿＿＿＿＿＿＿

E-mail：＿＿＿＿＿＿＿＿＿＿＿＿＿＿＿＿＿＿＿＿＿＿＿＿＿＿＿＿＿＿＿